幽霊よ　さらば

—私と幽霊の交流記—

青山夏子
AOYAMA Natsuko

文芸社

幽霊よ　さらば

―私と幽霊の交流記―

目　次

寝室にいた黒い影

これから書くことは、まず話しても誰も信じてくれまい。
でも私が実際に体験したことである。嘘や作り話ではない。
だから記録に残しておきたいのだ。くどいが、すべて私が体験した事実である。

私は物心ついた頃から幽霊が見えた。
というか正確に言うと、私が寝ている部屋に幽霊がいたのだ。
もちろんまだ幼くて、それが「幽霊」というものか正確にはわからなかった。

その幽霊はなぜか戸棚の陰に隠れて、上半身だけいつも見えていた。
私はまだ幼稚園に入る前で、思いっきり目を開けて見ていた。
それは黒い影で人間の形をしていた……。

手を振ったり、Ｖサインをしたり、ＯＫマークを出したりしていた。

なぜか、その黒い影はその戸棚から離れなかった。

いつもそこにへばりついていた。

私がベッドに入り、しばらくすると現れる。

しかも毎日だ。

子供の私は怖くてたまらなかった。

さすがに毎日はこたえるので、隣部屋の母親をよく呼んだ。

「お母さん、お化けがいるよー！　こわいよー!!」

ところが頭にくることに、母親が部屋に近づくと、黒い影はサッと戸棚の陰に隠れてしまい、いなくなってしまう。

「何もいないじゃない！」

母親は私の話を信じてくれず、その部屋で我慢して寝なくてはならなかった。

最終的に私は、その黒い影を見ないように寝るしかなかった。

いつも壁を向いて寝るのだ。

それでも背中の向こうで、黒い影が何やらガヤガヤと動いているのは、振り返れば見えた。

それは恐ろしい毎日だった。


どれくらい経っただろう……幼稚園に入り、しばらく経った頃には見えなくなっていた。

ただ、私の体は記憶している。

あの時の壁を向いて寝ていた姿勢が、いまだに一番心地よい寝相なのだ。

あの黒い影が何だったのか、なぜ私にアピールをしていたのか、なぜ私の寝室にいたのか
……それは全くわからない。

それから勉強や部活と現実が忙しくなったせいか、脳も賢くなったからか、同じ部屋で寝ていたのに黒い影の幽霊を見ることもなくなった。

ただ、子供の見間違いではない……という確信だけはあった。

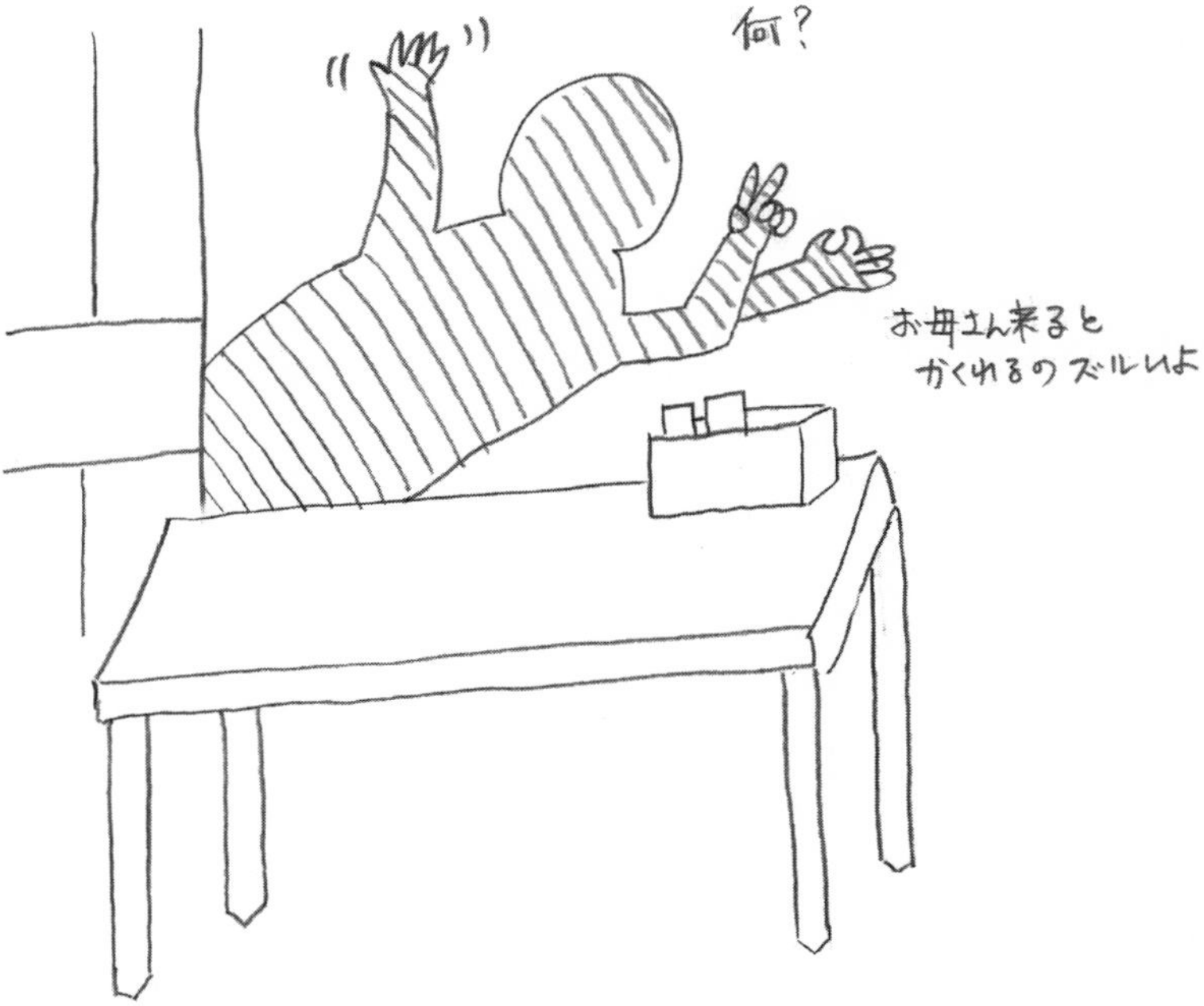
何？
お母さん来ると
かくれるのズルいよ

30センチの女の子

時は経ち、社会人になり、人間関係でもめた私は双極性障害になった。

そしてまた、なぜか幽霊に遭遇するようになった。

こう書くと精神障害の症状だと思う人がいるかもしれないが、全く違う。


なぜならいつも寝ている時にそれは起き、そして目を開けていないのになぜかわかり、そしてこちらを触ったりするからである。

哲学で「存在」とは、触れるもののことを言うらしい。

私は触ったこともあるし触られたこともある。

目も開けていないから幻覚でもないのだ。

もちろん意識もあるから、というか起こされるので夢ではない。


きっかけはこんな感じ。

その日はいつも通り寝ていた。

ふと目が覚めた、というより気が付いた。

2メートルほど先に身長30センチくらいの女の子が来た。

何やらとてもおとなしい感じの子。

それが大人になって初めて会った、確実な「幽霊」。

ただし私は目を閉じたまま。

なぜか開けなくてもわかったのである。

とても怖くて「帰って！　早く帰って!!」と絶叫していた。

もちろん心の中で、であるが……。

すると消えた。


ところがである。

次の日も来たのだ。

「なぜ同一人物とわかるのか？」と聞かれても困るのだが、なぜか雰囲気と性格と身長と性別と感情は……目をつぶっていてもわかるのだ。

また「帰って！」と心の中で何度も叫んだ。
ところが今度は私の制止を振り切って、なんと布団に入ろうとするではないか!!
もちろん実際の布団は私の体にきちんと密着したまま動いていない。
けれど彼女が片手で布団を少しめくったのがわかるのだ。
私はあまりに怖くなって「帰って!!」と何回もお願いしたら、いなくなった。

それから1週間後……。
私は隣の可愛い三毛猫が家に戻らないことを知った。
死んだのだ。
そういえば、感じがそっくりだった。
女の子だし。
30センチの小さな女の子なんて生まれたばかりの赤ちゃんにもあまりいない。
ミケちゃんだったんだ……。
布団に入りたがったのも、猫だから。
ちなみにこの頃は、もう子供の時とは違う部屋で寝ていた。

女の子姿わからず、座ってた？

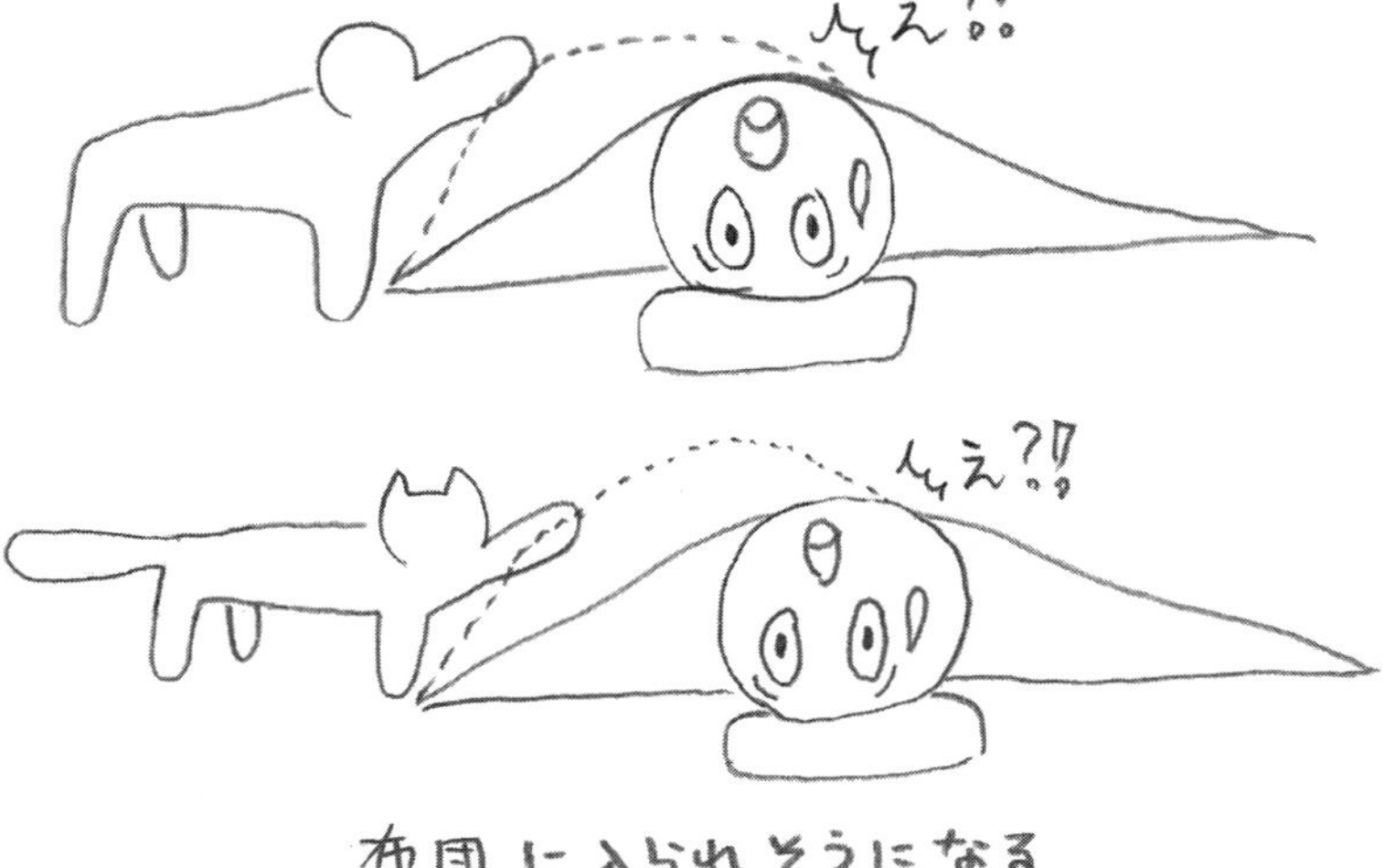

布団に入られそうになる

幽霊は歩く

それから私は30人近くの幽霊と遭遇するようになる。

なぜか皆、私の寝室に来る。正確には通り道のような感じ。

南西から来て、北東に抜けて歩いていく人がほとんど。


今「歩いて」と書いたが、幽霊には足があるのだ。

昔から幽霊の絵は、白くてなぜか足がないのだが、実際はほとんど人間と同じ形をしているようだ。

トコトコ歩いて急に止まって、一歩前に出したけど、やっぱりやめて後ずさり……そういうことがわかるから。

もちろん目は開けていない。

これ以降、特に書かないが、幽霊とはいつも目をつぶったままやりとりしている。

なぜか見なくてもわかるのだ。

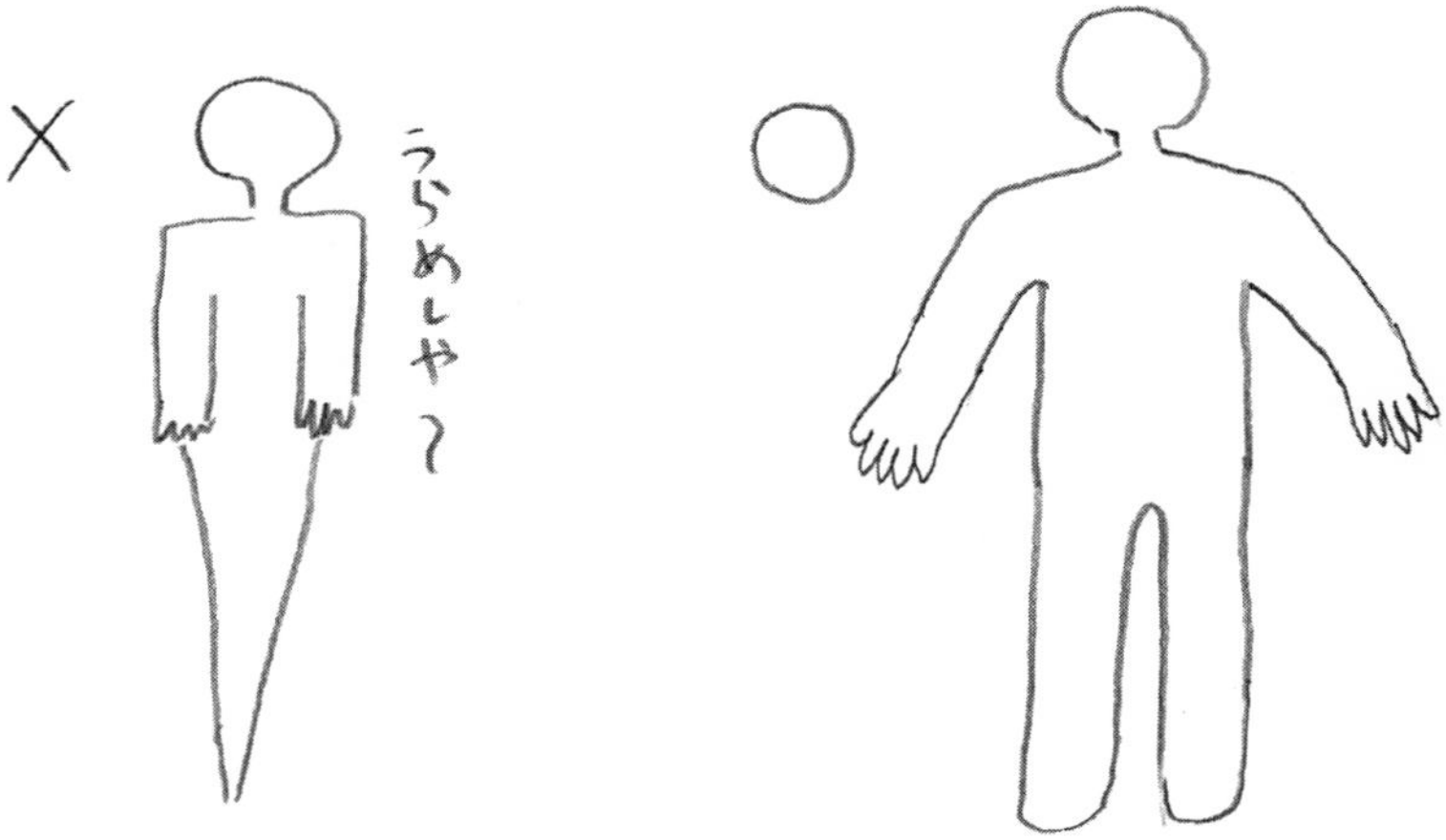

幽霊の姿

幽霊は
歩く

だいたい、真夜中に「ああ、困ったな」という感覚で起こされる。
なぜなら私が北東を頭にして寝ていたから。
つまり「通れない」と困っていたらしい。
実際、人間ぐらいの大きさの人がそこにいて、戸惑っているのがわかる。
たいていは南西に引き返すのだが、たぶん私の上を通り抜けていった人もいるはずだ。
特にこちらが幽霊の存在に気が付くと引き返していたようだ。

頭の位置が悪いのかと南東に変えた。
効果はなかった。
すぐに北東の角で足を東向きにおき、頭を西に寝てみた。
かなり減った。
足があるだけなので通り抜けやすいのかもしれない。
たぶん病状が回復したからかもしれない。
この点については、あとで述べる。

頭が西向きでも、すごく怒っている人の気配で起こされたことがある。

その幽霊は男性で、まだ私の部屋の外にいた。

窓の前に置かれたタンスが邪魔で、部屋に入れないと激怒していたのである。

ちょうど南の窓の西側にいて、一生懸命タンスをどかして入ろうと何度も何度も足を踏み込んだり、タンスを傾けたりしているのがわかった。

そんなに活発に活動して、感情も激昂すれば、さすがにこちらも気が付く。

「どうしよう殺されるかも……」その時、恐怖におののいた。

そして寝たふりをすることに決めた。

心臓はもちろんバクバクいっていた。

幽霊はどうにかタンスを退けて私の部屋に入ってきた。

なぜそんなにしてまで、私の部屋を通らねばならないのかは、わからない。

彼は北東に向かわず、なぜか私の頭の方へ歩いてきた。

私の頭のすぐ横にはドアがあったのだ。

幽霊は私にこう言った。

「君には怒ってないよ！　大丈夫」

笑顔で温厚な雰囲気のままドアをすり抜けていった。

そら恐ろしいびっくりした夜だった。


もしかしたら、そのタンスを置いていたので、入る隙間がなかったからかもしれない。

でもドアがすり抜けられるなら、タンスなんて邪魔ではないと思うのだが。

タンスはすり抜けられないのだろうか。

よくわからない。

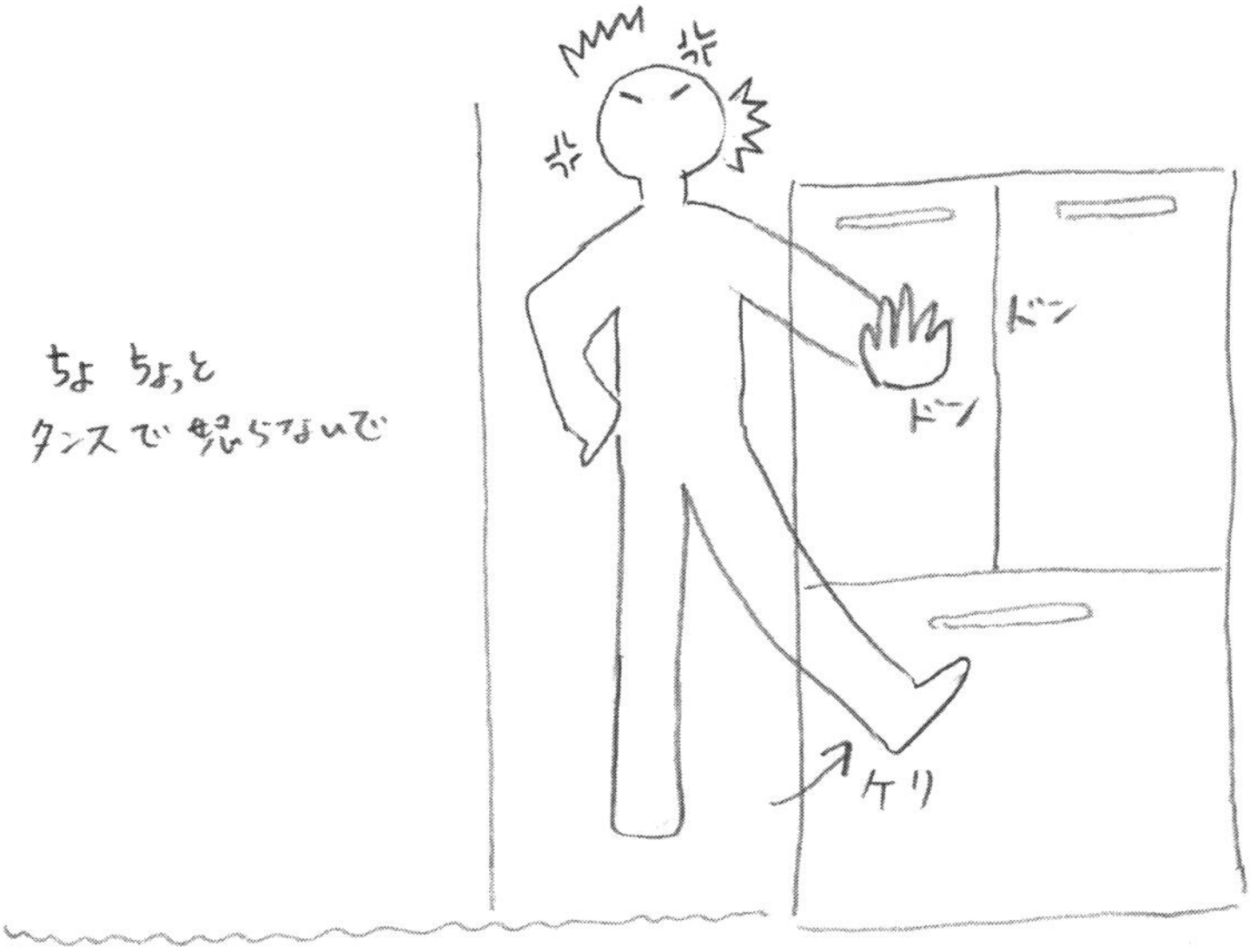
ちょ ちょっと
タンスで怒らないで
ドン
ドン
ケリ

怒ってタンス

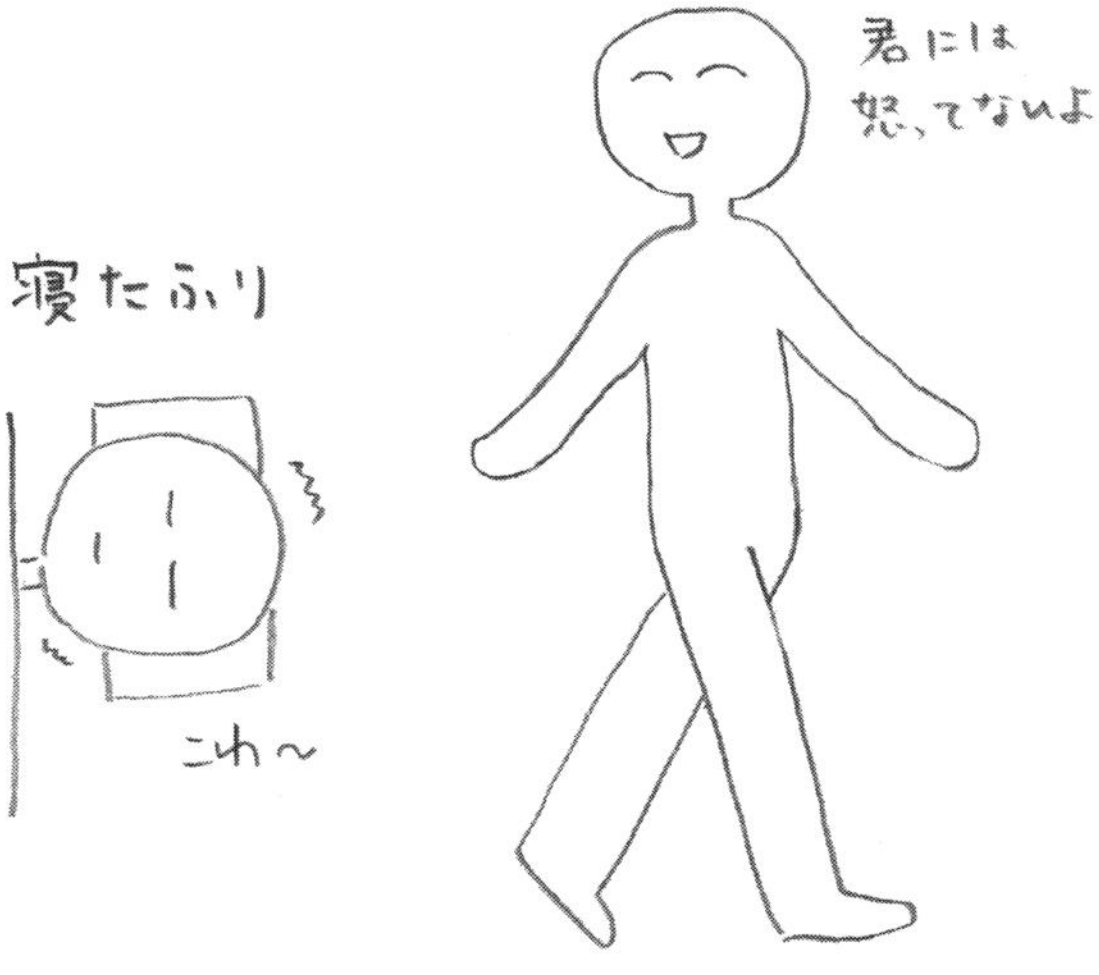
君には
怒ってないよ
寝たふり
これ〜

怒ってないよ

頭を西向きに変えた頃から、普通に幽霊が通り過ぎるだけでは気付かないことが多かった。

たぶんウツ状態が軽くなったからかもしれない。

これは私の推論だが、子供のように純粋で素直になればなるほど、幽霊に気付くことができるのだと思う。


でも幽霊は確実に私の部屋を通り抜けていた。

なぜなら足を踏まれたことが2回あるから。

痛くて目が覚めた。

誰も部屋にいないのに!?

1回だけ顔を踏まれたことがある。

その時は怖かったので寝たふりをしていた。

たぶんわざとやっていったのだと思う。

そう、いたずらもする……。

正直あまり寝られない。

寝る前も落ち着かないし。

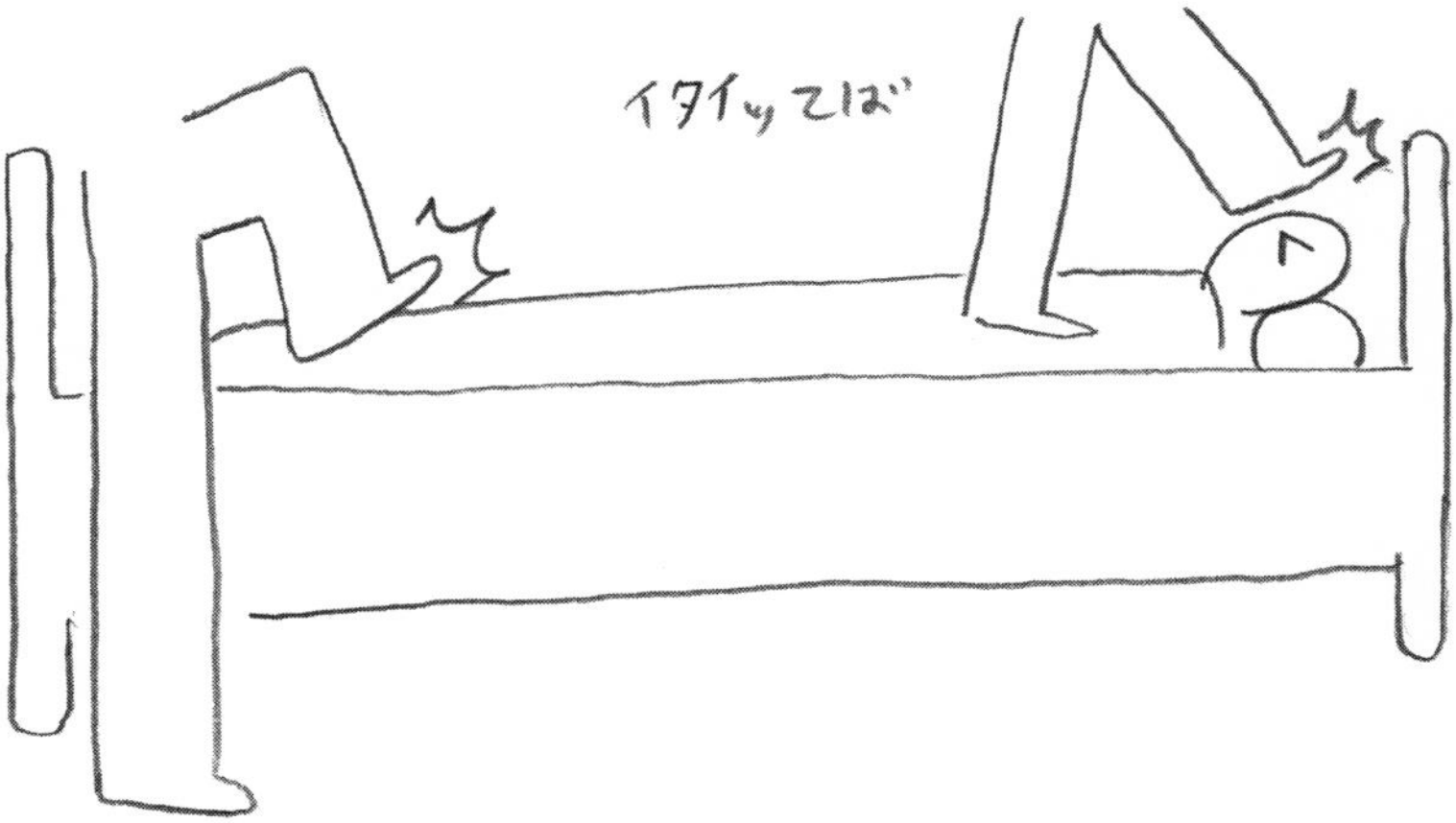

私を踏む

痛みの走る金縛り

一番怖かったのは、とある女性の幽霊が来た時だ。

頭は西向きで寝ていた。

突然、天井から金色の光が差した。

そこから女性が両手を出して現れた。

表現できないくらい、それはそれは激しく怒っていた。

黒い髪の毛、そしてギラギラとした眼光もわかった。


突然、体に激痛が走った。

全く動けなかった。

金縛りをかけられたのだ。

よくレム睡眠時に体が休んでいるから体が動かない、それが金縛り……というが、全く違う。

それは経験済み。

この時は体が痛くて痛くて、しびれて動けない状態。

レム睡眠なら痛くない。

「やめて、帰ってお願い！」と何度心で叫んだかわからないほど、何度も何度もお願いして、
やっとのことで解放された。


本当に怖かった。

私は布団から起き上がり、即座に電気をつけた。

金縛りのために息苦しくて、呼吸もひどく荒れていた。

心臓もドキドキと激しく脈打っていた。

落ち着くまで、電気をつけたままベッドに座っていた。

10分ほど過ぎたであろう。

「もういいかな」と私は寝る準備を始めた。

電気を消して布団に入って横になった……。

その瞬間！

また体に激痛が走り、動けなくなった。

再度の金縛り!!

この時、私は全く眠っていなかった。

完全に意識があり、起きている状態。

金縛りは起きていてもかかるのだ。

レム睡眠ではない。


天井からまた彼女が怒り狂った様子で、金色の光と共に現れた。

相当お怒りの様子。

「お願い帰って!」

半泣きに近い状態でくり返し叫び、やっと帰ってもらった気がする。

思い出すだけでもかなり怖い。


おそらく何か現世に相当お怒りで、未練たっぷりなのだろう。

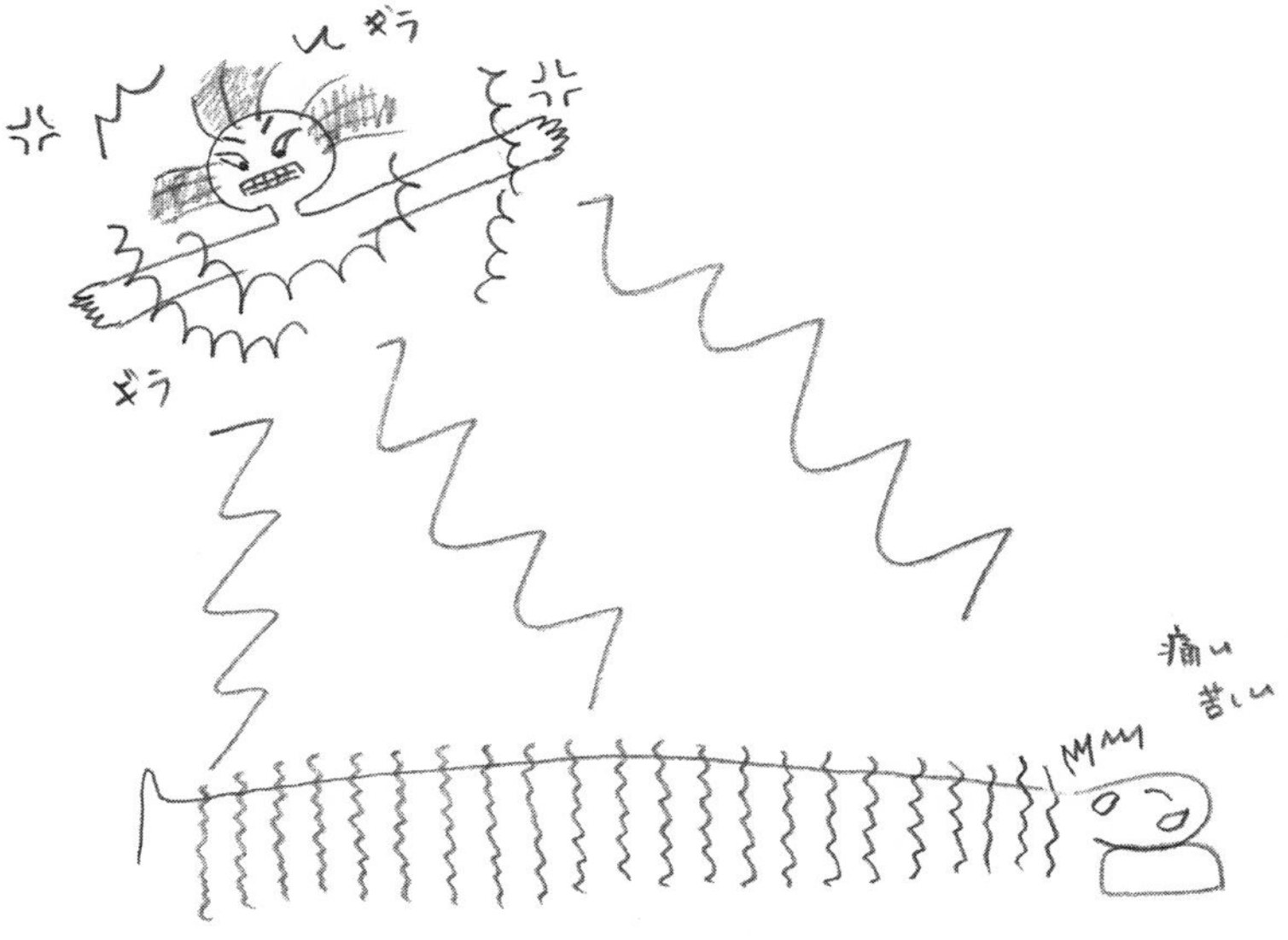

金縛り

どうして触れるの？

２００５年過ぎぐらいかな、ヒールのある靴を履いたせいか、足の裏に魚の目がたくさんできてしまった。

私は皮膚科に通い、特殊な医療シートをそこに貼り、さらに歩いても痛くないようにその上に固形の白いスポンジを貼っていた。

スポンジは１・５センチ以上の厚みがあった。

その処置を毎日お風呂から出たあとしていた。

寝る時は、足にスポンジがついたまま。


そんなある夜のこと。

これも頭は西向き。

私は熟睡していた。

何か夢を見ていた……すると足がザラザラする。

だんだん夢が遠のき、意識がはっきりしてくると、それはザラザラではなく、誰かが手で魚の目をさすっているのがわかってきた。

「夢でしょう?」と思った。

その手は休むことなく魚の目をさするため、ついに私は目覚めてしまった。

しかし私が起きたのにも構わず、ずっとさすり続けている。

私はどうすればいいかわからなかった。

しばらくは「気の済むまでやれば、そのうち行くだろう」と思っていたが、一向にその気配がない。

仕方がないので、かなり勇気がいったが、思い切って足を動かした。

すると、さするのをやめた。

どこかに行ったようである。

この頃はもう触られたりアピールされないと、幽霊がいることに気付けなくなっていた。

しかも足が北東にあったから、きっと手のアピールが終わり、ささっと行ってしまったのであろう。

でも、よく考えれば魚の目を触れるわけがないのだ。
シートが貼ってあり、しかもその上に固形スポンジが乗っている……。
普通の人間は触ることはできない。
ドアや壁を通り抜ける幽霊だから触れるのだろう。
にしても目覚めても長い時間やられたのには、ちょっと疲れた。
足を動かして、怒りだしたらどうしようとかいろいろ考えたし……。
親切心か、いたずらかは不明。

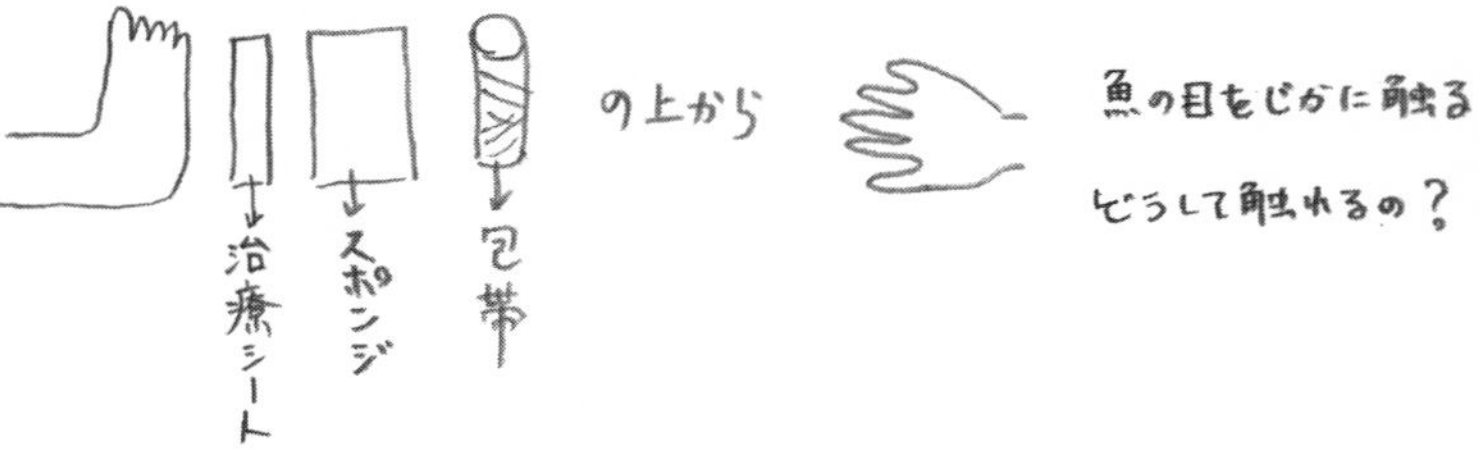
治療シート
スポンジ
包帯
の上から
魚の目をじかに触る
どうして触れるの？

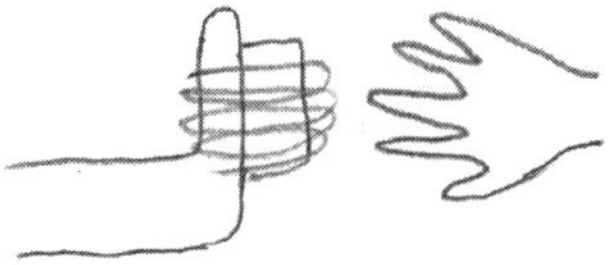

魚の目さすり

3回来た人

まだ大人になって霊感がわかり始めの頃、3回来た人がいた。

頭は北東。

1月か2月の寒い時期に来た。

男性、身長は普通、おとなしそうな性格……。

南西から来た時に何やら驚いていたような感じだった。

それで目が覚めた。

幽霊はしばらくそこに立ち尽くしていたが、私が「来ないで！」と連発したので仕方なく帰っていった。

ところが次の日、またやってきた。

「来ないで！」と言っていると、どうも何かもどかしい感じがあるのだが、仕方なく帰っていった。

また次の日も来た!!

いつものように南西の窓から入ってきて、私の膝下あたりに立って、何か言いたそうな、もどかしそうな感じ……。

「帰って！　帰って！　帰って！」

しつこいので私は怖くなって、何度も言った。

ところがである。

それを無視して近づいて来ようとするではないか!?

びっくりして、さらに帰れコールを激しくしたところ、二、三歩進めた足を引っ込めて、何やら振り向きながら南西へ帰っていった。


ミケちゃんの前例があるからなんとなくわかった……。

あの男の人は、どう見ても私に用がある……。

でも思い当たる節が全くなかった。


それから3カ月ほど経って私は夢を見た。

学生時代の彼の夢。

結局、自然消滅みたいになったけど。

とてもよくできた人だった。尊敬していた。

でも彼は貧乏くじばかりひいていたかも。


「夏子さんは、僕のことなんてどうでもいいですよね」

突然夢に現れた彼は、そう言って猛スピードで歩いて行ってしまった。

私は懸命に追いかけて「仕事はうまくいってる？　元気？」と聞いたが、なぜか無視された。

彼は日の沈む赤い夕焼けの方へ、急いで行って消えてしまった。

私は何か意味深な夢だと思った。

だいたい10年近く昔の彼の夢を見ること自体おかしい。

当時霊感がかなり敏感だったので「何かあるかも」と思った。

アドレス帳を開いて、「友人に連絡しようかな」とも考えた。

でも、「まあいいか」とやめてしまった。

そしてその晩、また彼の夢を見ることになった。

顔のアップ……おそらく泣いているのか、表情がよくわからない。

何かを一生懸命訴えていた。

「やっぱり何かある！」

私は友人に連絡をとった。


答えはショックなものだった。

「亡くなった」

ちょうど冬、あの同じ幽霊が3回来た頃、亡くなっていた。

彼だったんだ……。

私は彼のお墓参りに行った。


やっぱり正直者はバカを見るんだ。

事故ではなく、ガン。

ストレスだろう。

しばらく落ち込んで、ひどいウツに襲われた。
もっと優しくしてあげればよかった……と涙が止まらなかった。

そんなある夜寝ていると、人の気配で目が覚めた。
これは頭が西。
ヘッドボードの所に手をかけて男の人が泣いていた。
もちろん幽霊。
そしておそらく彼。
身長も普通、おとなしい性格……そうそっくり。
私が病気だということを知らなかったのだろう。
きっと悲しんでいるんだなと思った。
何日か後、もう一度来て、またヘッドボードの所で泣いていた。
それから彼は、しばらく来なくなった。
来なくなったのは、前述通り、私の病状が良くなったから。

医者を変えたのだ。

病気がひどい頃、北東や南東に頭を向けていた頃は、子供のような話し方になるなど「退行」がひどかった。

だから南東が頭でも、幽霊が部屋の中を通り過ぎていた。

つまり、幽霊の存在がよくわかったのだ。

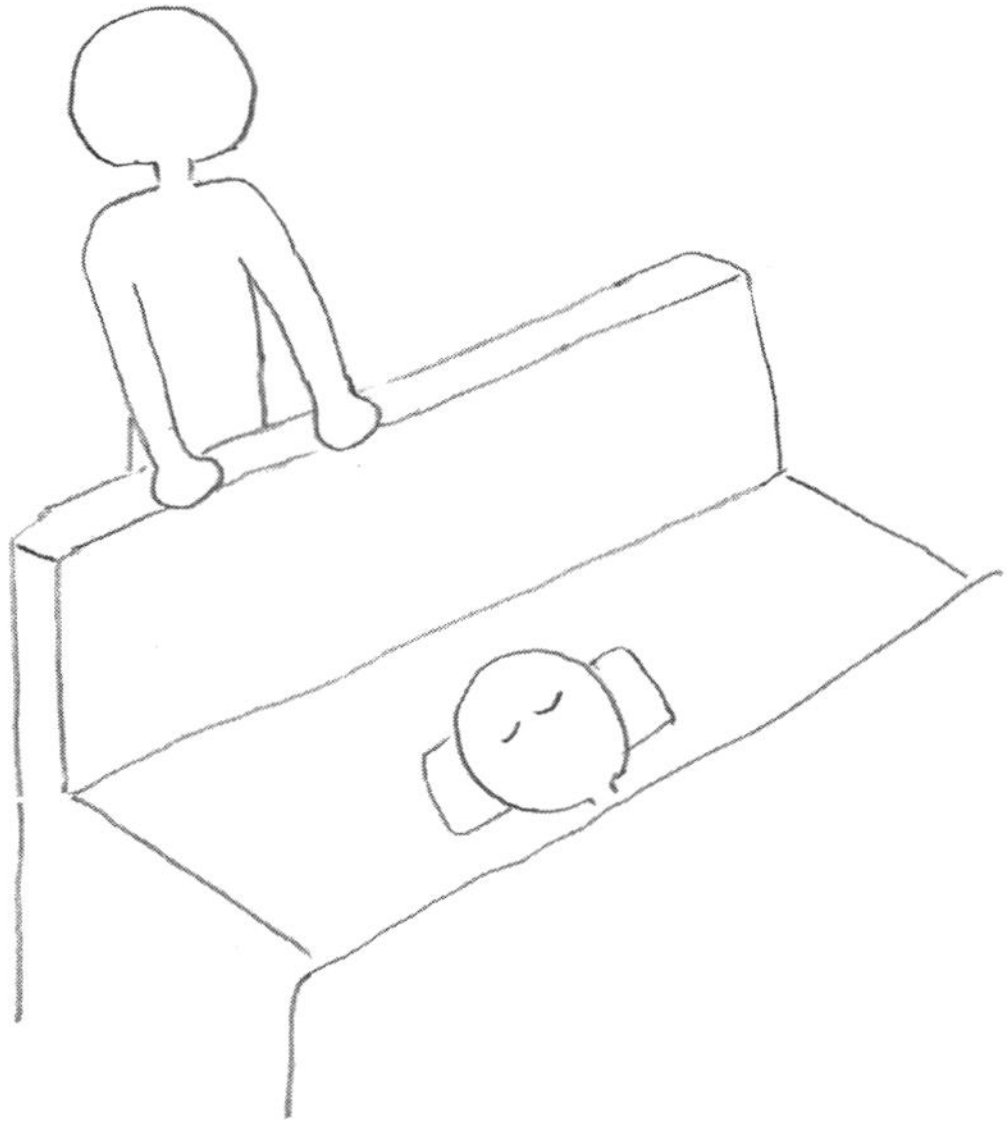

彼と別れてからもう10年以上経つ。

ずっと忘れていた彼が、その後また夢に出てくるようになった。

決まって彼は夢に出てくるだけで、私が話しかけようとしてもなぜか会話ができない夢。

少し離れたところや人混みに紛れて、彼はいる。

さびしい夢。


ところが、２０１１年にびっくりするようなことがあった。

頭は西向き。

その日は、彼と私の並んだ写真がプリントされた毛布（?）で何かしようとして、できなくて誰かに取られそうになり、私が「嫌だ！」と叫んで毛布を抱えて……そんな夢を見ていた。


私が「嫌だ」と何度も叫んでいたそのうちに、何かで口がふさがれた。

びっくりして意識がはっきりし目覚めた。

「やめて！」と心で叫んだ。

恐怖心から「帰って！」とは言えなかった。
その時、私は呼吸がほとんどできず、苦しかった。
「やめて！」を繰り返していた。
次の瞬間、なんと何かが口の中に入ってきた！
そう、あれは……あれは舌……あの感触は……。
嘘みたいだが、決して嘘ではない！
たとえようもないくらい驚いた。
もしかしてと思って「〇〇？」と彼の名前を心の中で呼んでみた。
返答があった。
初めて幽霊と話をした……。
男性の声だった。
「愛していました」…………。
「……私もだよ」なぜか自然にそう答えられた。
次の瞬間、彼は私の体から離れて消えていった。
私は深い眠りにまた落ちた。

実は最近、ある男性と会っているのだが、それが気に入らないのだろうか……。
声がした位置は、私の顔のやや正面左……。
あの位置で声がするということは、おそらく私の体に乗っていたはず……。

この日を境に私は悩むようになった。
通り抜ける幽霊を受け入れて、仕方なく過ごすか？
でもだんだん過激になっているのには、耐えられない……。
おそらく彼が最近夢に出てくるようになったのも、彼が部屋に来ていたからだろう。
それでももの足りなくて、アピールをしたのだろうし。

黒い服とペンダント

そしてついに私は霊能者に相談することにした。

といっても、すぐに予約が取れるわけではなかった。

霊障の多い方がそんなにいるんですね……。


予約の日が来るまでの間、一人幽霊がやってきた。

頭は西向き。

寝ていたら急に話しかけられた。

「30時間かけて歩いてきたんだよ」

男性、聡明な明るい感じ、髪は黒、首に金色の十字架のペンダント、服は上下黒色（ジャージ?）。

しかも私の左側に寝ていた……。

でも一瞬でいなくなった。

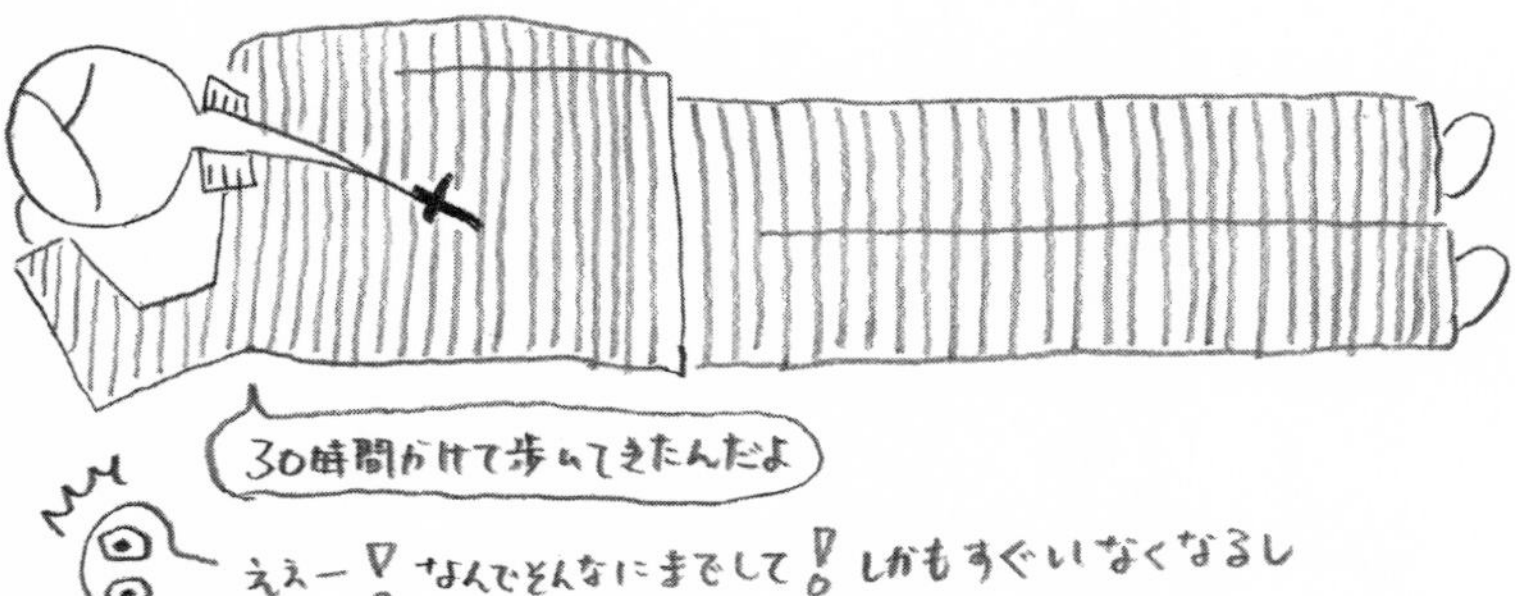
30時間かけて歩いてきたんだよ
ええー! なんでそんなにまでして! しかもすぐいなくなるし

話しかけられたし、どうみても私に用があって来たらしいが、全く見覚えのない人だった。

誰だかさっぱりわからなかった。

正体がわかるまで、かなり時間がかかった。

というのも私の知人の男性に、ペンダントやネックレスをしている人が一人もいなかったから。

わざわざ30時間もかけて来るからには、知り合いのはずなのだ。

そんな疑問を持ちながら、友達と遊んでいたある日……。

テレビを見ていたところ、ビデオ映像が流れた。

それはある人物の写真が何枚も出てくるものだった。

「ネックレスしてる！　さっきのも！　次のも！」

そう髪が黒くてネックレスをしていて黒い洋服が好きな人……だった。

ジャージじゃなかったんだ！

「そういえば感じもよく似ている！」

明るくて、聡明で、それでいて子供みたいな感じ。

もちろん直接会って話したことはないが……。


私は毎年、友達とある芸能人のお墓参りに行っていた。

ところが、友達の会社が倒産してしまい、彼女が就職活動をしていたため、その前年はお墓参りに行けなかった。

誕生日と命日のどちらかには必ず行っていたのに、両方とも行かなかったのだ。

私一人で行ってもよかったのだが、お墓が遠いので体調が良くないと難しかった。

だから、もしかしたら去年お墓参りに来なかったのをさびしく思い、来たのかもしれない。

あくまで推測だが……。


歩いて30時間……というのも当てはまってしまう距離。

まぁ、その意外な人がわざわざ歩いてきてくれたということで感謝しておこう。

ただ、そうとわかったのは、霊能者と会ったあとだった。

私はそれまで、お墓には霊がいないと思っていた。

なぜかと言うと、墓参りに行っても、まるで幽霊の存在を感じとることができないから。

そこはがらんとした石の入れ物といった感じ。

しかしよく考えれば、「墓相が悪くて子孫を絶やす」という話もあるのだから、墓に霊が宿っているともとれる。

ペンダントの霊の正体がわかってから、「墓参りに行くとその霊が自分に親しみを持つ」つまり「憑きやすい」と私は考えるようになった。

そうなのだ、私は学生時代の彼のお墓参りにも実際、行っている。


だから自分の先祖の墓以外は、墓参りしないことに決めた。

芸能人のお墓も、彼のお墓も、もうお参りはしない。

その理由は、霊能者に言われたのだが「幽霊を歓迎するような態度をとってはいけない」から。

これはあとで詳しく述べる。

神社、仏閣、霊園、戦場跡、処刑場跡などにはなるべく近づかないようにしている。
塩を携帯し、そういう場所からの帰りには塩をまいている。

「あなたは霊道」

２０１２年６月12日、やっと霊能者と会う日がやってきた。

そこは山手線のとある駅近くで、マンションがたくさん立ち並んでいた。

マンションの一室で会うのだが……相手のペンネーム（？）しかわからず、男性か女性かもわからない。

かなり不安であった。

詐欺師や痴漢かもしれない。

両親や友人なども心配していた。


私はかなりの方向音痴。

初めての場所に迷子になってしまった。

そこで連絡先へ電話をかけた。

リリリリリリリリ……呼び出し音。

私の心臓はバクバクと音を立てていた。

「もしもし△△です」男性の声だった。

その瞬間、私はちょうど左目の上あたりに、顔がキラリとひらめいた。

それは四角い顔で、四角い黒縁の眼鏡をかけている、髪の毛が短く硬くてピンピン立っているニコニコした男性だった。

「××橋を渡って右に曲がって……」と男性はマンションまでの道順を説明してくれた。

私はなんとか予約の時間に到着することができた。

でも不安は拭えなかった。

エレベーターで上がり、ドキドキしながら部屋のベルを鳴らした。

「いやぁこんにちは、青山さんですねー」

あ!?

かなりびっくりした。

と同時に安心した。

というのも、今ドアを開けている人が、先ほど電話をした時に浮かんだ顔と、全く同じ顔だったからだ!!

黒縁の四角い眼鏡をかけて四角い顔でニコニコ笑っている！
しかも髪の毛も短く硬い！　ワックスで立ててる！
それで私は信用できると判断した。

偶然じゃないかって？
実は以前、似たような状況になったことがある。
趣味で歌を習っていたのだが、やはり最初のレッスンの日、迷子になった。
連絡先に電話をかけた。
「はじめまして、青山ですが道に迷いました」
「あ、そう、今どこにいるのかな？　じゃあ、その道を左に……」
そう、別に顔なんて見えなかった。
頭にも浮かばなかった。
先生のマンションに着いた。
この時もマンションの一室で会うことになっていた。
かなりドキドキしていたが、声のイメージとはかなり違う感じの方が現れた。

そう、電話をかけても全くわからなかったのだ。

この霊能者は電話で顔がわかってしまった。
しかも瞬時にわかった。
だから信用できると判断したのである。

電話でわかった顔

さて……霊能者には今まで書いてきたようなことを話した。

芸能人のことはまだわからなかったので、誰だかわからない人がわざわざ来たとだけ言っておいた。

結論から言えばこうであった。
・昔の彼の霊は強く拒絶すれば来なくなる。
・ただしあなたは霊道なので、幽霊が来なくなるということは残念ながらない。
・部屋をもっと整理整頓しなさい。部屋を片付け終わったら、３カ月間神社仏閣に近づくことは禁止。
・壁に何かを貼ってはいけない。
・液体はなるべく部屋に置かない。
・石も部屋に置かない。
……。

つまり昔の彼がしつこく来るのは、「彼が私のことを覚えていてくれてうれしい」と内心私が思っているかららしい。

拒否しないといけないらしい。

確かに拒否したミケちゃんはもう来ない。

変な夢を見てお墓参りに行ってから、彼はよく来るようになった。

芸能人も、お墓に行っていたからかもしれないし。

やはり軽々しく他人の墓をお参りしてはいけないのだ。

どんなに素敵な人に訪ねて来られようとも、幽霊は気分が悪い。

寝ているところを突然起こされるし、予想もしないことをするし、正直こちらの気持ちを考えないで行動することが多い。

できれば誰も来ないでほしい。

だから自分の先祖の墓以外はお参りしないことに決めた。

しかし私は霊道らしい。

霊道を調べたら確かに「南西から来て北東に抜ける幽霊の通り道」と書いてあった。

私の出会った幽霊もほとんど南西から北東に向かって歩いていた。

なぜ私が霊道なのかはわからない。

霊能者も教えてくれなかった。

子供の頃に見ていた黒い影の正体も教えてくれなかった。


それから2週間後、やっと体調がソウになり、私は部屋を片付け始めた。

片付けるのには3日かかった。

私は忘れっぽいので、モノがどこにあるかすぐわかるよう、見えるようにしておいたのだが、それがいけないらしい。

確かに霊能者の部屋は、布団以外はすべて箱の中に収納されていて、モノが何も見えなかった。

台所洗剤ですら邪魔と言っていた。

部屋はすごくきれいになったが、私は疲れて、またウツになった。

部屋を片付けた効果は驚くほどてきめんであった。
幽霊が全く来なくなった。
やっぱり顔が直感でわかっただけあって、本物の霊能者だ。
正直びっくりした。

それからしばらくして昔の彼の夢を1、2回見たが、「幽霊なんて嫌い！　大嫌い！」と部屋でわざと声に出して言っている。
そのかいあってか、だいぶ見なくなった。

一度、寝苦しくて寝言で「助けて！　助けて！」と言っていたことがある。
実は何か苦しい夢を見ていたのだが、詳しくは覚えていない。
その時、突然頭の上から声がした。
「誰に頼んでいるの？」男の声だった。
びっくりした。
なぜって、私の体の上に乗ってたから。

「帰って！」と言ったら消えたようだったが、気配がある……。

私は手で探した。

すると何かが手に触れた。

どうも男は体の向きを90度回転させたらしく、お腹だけ乗せて、私と十字架状態のようだった。

眠かったので無視して寝た。

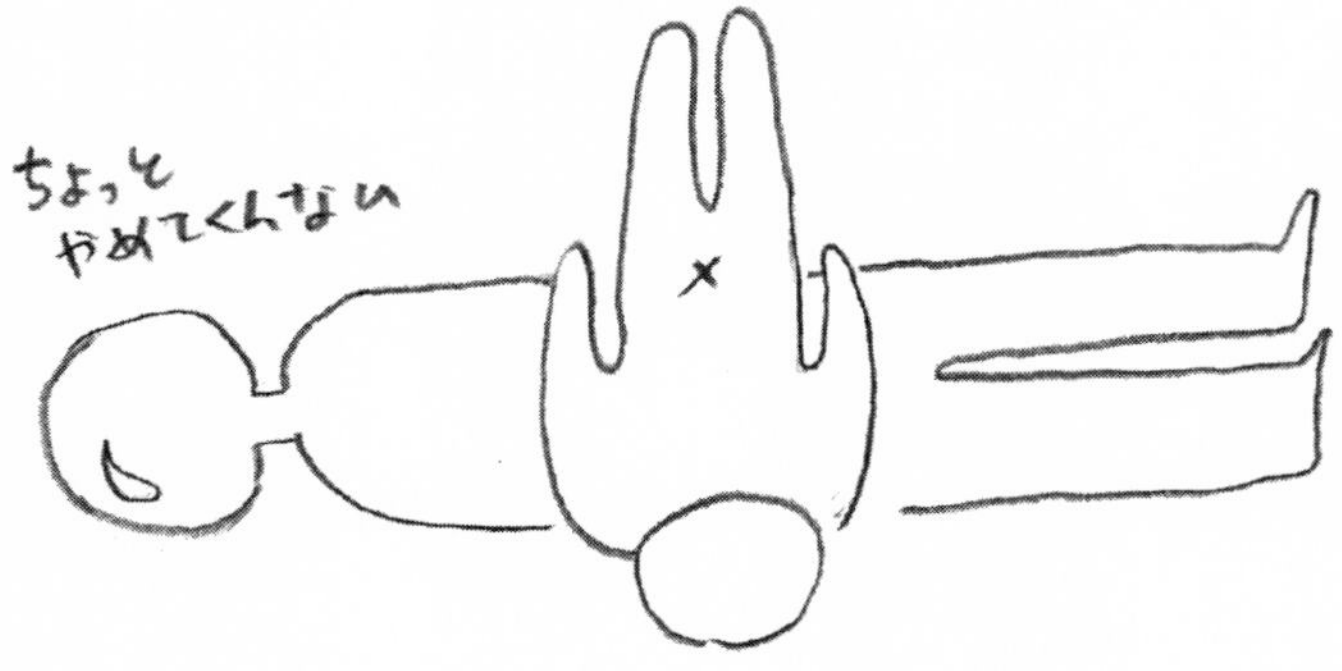
ちょっと
やめてくんない

部屋をきれいにしていると幽霊はあまり来ない。

掃除と片付け、いらないものは捨てる、これが大切らしい。

一応毎日続けている。


言われたことで、ただ一つ実行不可能なことがあった。
・結婚しなさい。
要は、毎日あくせく働いて、夜はぐっすり眠れるようにしろ……ということなのだろう。

もう一つ、日常の生活のことに心が煩わされていれば、幽霊が入る隙間がないということだ。

確かに結婚すれば子供のことで忙しくて、旦那にも気を使い、他のことには頭が回らないだろう。

たとえ結婚していなくても、キャリアウーマンとして毎日一生懸命働けば、上司に気を使い、同僚に気を使い、取引先とやりとりして疲れ果て、やっぱり幽霊のことなんか気にも留まらないだろう。


でも、ほとんどウツ気味の私には、それは不可能なのだ。

結婚も、毎日働くのも、今はできない。

マイペースに自分でこつこつと何かをこなすだけ。

ウツで一日中ぼーっと寝たりするが、霊能者に言わせれば、そういうのはよくないそうだ。

でも無理なのだ。


霊道で、そんな状態だから、きっとこれからも幽霊が出るだろう。

だけどきっちり拒否していこう。

観光で、神社仏閣には行かないようにしよう。

正直言って幽霊なんか見えない方が幸せだと思う。

日が昇っていても

もう一度ことわるが、ここに書いたことはすべて私が経験した事実であって、作り話ではない。

——なんて書き終わり、すべての体験を書いたとほっとしていたら……また来た。

しばらく期間があいた2013年7月7日。

その日、私は朝4時頃と早く目が覚め、トイレに行った。

そしてウトウトと軽い眠りについていて、頭の中では「障害者」という言葉について考えていた。

その時、私の顔の上に男性が現れた。

両手で大きな四角いものを持っている。

しかも、それを頭まで振り上げ、私のことを殴ろうとしているではないか。

この時、意識がはっきりしていて、私はとても怖かったので
「すいません帰って！　すいません帰って！」を連発して帰ってもらった。

おそらく年の頃40~50で、わりとガッチリとした体型。
何を持っていたのかわからないが、ビジネスバッグかなと思った。
正方形ではなく長方形だった。
ただし私の知り合いではないと思う。
何も言葉を発せず突然現れて、いきなり殴ろうとしたし。

怖かったので、またトイレに行った。
すると太陽の光が家に差し込んでいて明るかった。
5時を過ぎていた。
日光があろうと幽霊は来るらしいことを知った。

その日は部屋の掃除をまたした。
中古で買った本やＣＤを処分することに決め、その作業に入った。

彼が2人!?

しばらくの間、彼は来なかった。
夢も一切見なかった。

ところが、やっぱり来た。
おそらく2014年のことだと思う。
メモを取らなかったが、よく覚えている。
強烈な体験だった。

その日寝ていると、彼が訪ねてきた。
紺のスーツをぐちゃぐちゃにして、無精ヒゲ（?）が生えていた。
酔っぱらいみたいな感じで品のない、およそ彼とは程遠い状態。
私は彼だとわかったが、なんでこんな状態なのかはわからなかった。

「キスしようぜ」彼はいきなりそう言った。

相当びっくりしたが、断るとと何されるかわからない雰囲気だったので、承諾してしまった。

タバコ臭かった。

さっさと済ますと同時に嫌悪感が募ってきた。


すると右側に、また彼が現れた。

私のよく知っている彼、大学時代の姿、好感度抜群。

セーターにジーンズ、正座をしていた。


私は態度の悪い彼に、昔の彼を紹介した。

「これがあなたの昔の姿、私の好きな〇〇くん」

喜んでくれると思ったのに、不良の彼はひどく立腹。

なんと昔の彼を、つまり自分を思い切り殴った。

私はとっさに「なんてことするのよ！」と、不良の彼を殴り飛ばしてしまった。
彼は遠くへ飛んでいってしまい、いなくなってしまった。
昔の彼も消えてしまった。

朝、起きてから、なんだか意味深だなと感じた。

このあとしばらく、彼は私に近づかなくなった。

2人の彼

キラキラの女神

２０１４年４月５日、また不思議な体験をした。

私はショックなことがあったため、前日からほとんど一日をベッドで過ごし、泣きながら寝ていた。

ただ部屋の掃除は怠りなく頑張ってしていた。

すべては幽霊に来てほしくないためである。

ショックなことというのは、４月１日に家族と喧嘩しながら話して、わかったことである。

物心ついた頃から、母のストレス解消の対象になっていた私と兄。

私は24年間、病気になるまで、母のご機嫌とりをずっとしていた。

嫌なことにも従ったし、そうと思わないことも母の言う通りにしないとうるさいので、うなずいていた。

とにかく母はものすごくうるさい。

人に当たり散らしてストレスを発散していた。

本人は「忙しいから仕方なかった」と言うけれど、忙しいから人に当たっていいということにはならない。

その時点で、もう話にならないのだが、私に当たったことを全く覚えていないというのだ。

私が我慢した日々、堪えた25年近くは何だったのだろう。

父は家のことなどどうでもよかったようで、興味がなかった。

私が何回も、おそらく100回は「お母さんがうるさくて嫌だ」と訴えたのに、いつも答えは同じ。

「俺は平気だよ」

しかも新聞を読んでいて顔すら上げない。

父もまた全く覚えていないらしい。

当時、どれほど私が嫌な思いをしていたか想像もつかないらしい。

だから話がすれ違うのだ。
当たり前。
だけどそれがわかるまで20年近く経ってしまった。
知らないで、親宛てにいろいろ手紙を書いたり、メールを書いていた私は本当にバカみたい。

覚えていないということだけでもショックなのに、自分が全く意味のないことを長年していたと思うと本当に悲しかった。

そのため、スケジュールがあった4月2日と3日はなんとかこなせたが、特に3日は病院だったし、4日から床に就いて泣いていた。

3日は母しかいなかったこともあり、心配をかけてはいけないと、病院に行く前はわざと元気を装ってテレビをなんとか見ていた。

4日からは用事もなかったため疲れ果て、とにかく休みたかった。

自然と悲しくて涙が出た。

寝たり泣いたり、その繰り返し。

なるべく一人でいても泣かないようにしていたが、6日に大学の説明会があるため、5日はストレスを出し切ろうと泣くことに決めた。


そんな5日の午後。

たくさん泣いて気が付くと寝て、また思い出しては泣き、そんなことを一日ずっとベッドの上でしていた。


あれはおそらく午後4時頃。

天井から髪の長い女性がキラキラと輝きながら降りてきた。

黒い長い髪を下に垂らして、ピンク色のレースのような洋服（?）が少し見えた。

そして私から見て右側、おそらく左手を下にだんだんと伸ばして下ろしてきた。

その服には袖がなく、肌が見えた。

そしてベッドの横にあるぬいぐるみ2体を指さした。

「あなたは一人じゃないでしょう」というようなことを言った気がする。

そのぬいぐるみは、一つは私が小学生の頃親に買ってもらったゴリラのぬいぐるみ、もう一つは親しい友人が誕生日にくれた猫のぬいぐるみであった。

ゴリラのぬいぐるみは、親に何度も捨てろと言われたが、嫌だといって大切にしていたもの。

寝たり起きたりしていたので夢だと指摘する人もいるかもしれないが、違う。

なぜなら、天井や壁の様子が見え、ベッドの横に置いてあるぬいぐるみもはっきりわかり、ベッドの左側の景色もそのまま見えたから。

夢ならそんなものは見えない。

ちなみにこの時、体が動かなかった。

びっくりした。

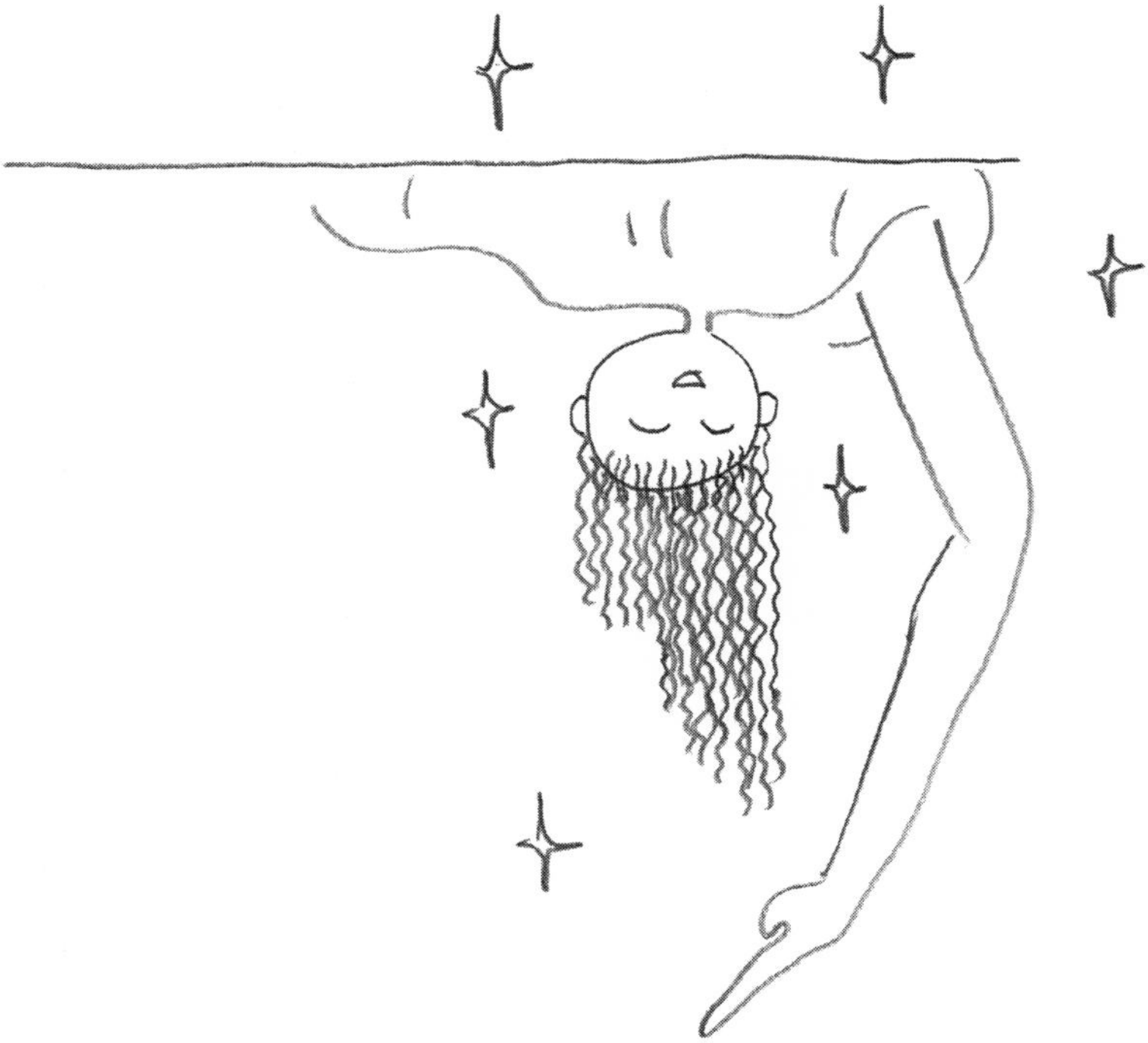

それに実はそのまま眠りに落ちて、その後何やら夢を見ていた。

でもその夢はまるで覚えていない。

ぼんやり「夢を見た」という感覚があるだけ。

その間、現実にある景色は一切見ていない。

というより夢の中で寝ている自分の周りの景色が見えたということは、人生で1回も経験がない。

つまり夢うつつの中、一瞬正気に戻っているということだと思う。


でも、この女神のような人のおかげで私は元気が出て、次の日の6日、無事に大学の説明会に参加することができた。

千客万来

２０１４年７月７日、その夜、私は大変イライラしていた。

理由は忘れたが、母親ともめたのだ。

寝る前もかなりイライラしていた。

あんな状態でよく眠れたものだ。


思い出したくもない人物が夢に出てきた。なぜか顔だけ。

「結婚したら、１年間異動できないから、夏子さん異動したら?」とのたまった「Ｆ子」。

真っ赤な嘘。

自分が異動したくないからというただそれだけの理由で、私をあわよくば異動させてしまえという魂胆。

既にパンチを入れていた私に、後ろ回し蹴り。

その一言が私を奈落の底へ突き落とした。

「死ね、Ｆ子！　死ねＦ子！　死ねＦ子！　死ねＦ子！……」

私はただ壁に向かって連呼していた。

何回も、何回も。どれぐらい怒鳴っていただろう？

夢でも怒りが爆発して止まらなかった。

「死ね！　死ね！　死ね！　死ね！……」


「エフコって誰のこと？」

突然、誰かに聞かれた。女性の声。

「あなたどうして怒っているの？　一人で？　真夜中よ？」

というニュアンスが伝わってきた。

「なぜそんな物騒なことを叫び続けているのだろう？」

と不思議に思ったようである。

強い意思表示や感情は感じられなかったので、ただの通りすがりの方であろう。

私に用があるわけではないらしかった。

その声で私は正気に戻った。

「あ、そうか……これは夢の中だ。なんでもないんだ……」

目が覚めないまま、理解し安堵した。

そう、寝ていた。ほんの一瞬の出来事だから。一言だから。

そして自然と意識（夢）がなくなり、心地よく深い眠りについた。

次に気付いた時は、朝だった。


ちなみに、日付が入っているものが増えたのは、手帳にメモするようになったからである。

２０１４年11月10日、この頃、不良品のパジャマから大量に粉状の繊維が落ちていた。

私の部屋は、赤い粉で汚れていた。

原因がわからないまま、掃除を懸命にしていた。

床掃除シートに赤いものが大量に付着。

この汚れのせいで、向こうの人が久しぶりにたくさん来た。

寝ていた私は起こされた。
白い割烹着姿で、白髪のお団子頭のお婆さん。
かなり腰が曲がっていた。
せんべいを食べながら、足早に私の部屋を行ったり来たり。
私の頭の上の扉をすり抜けて、戻ってきては、部屋の中央でぐるぐる。
しばらく様子を見ていたが、全く出て行く気配がない。
「出てけ」と言ったら、いなくなる。

眠りが浅かったのだろう。続けて来た女性に気が付いた。
おそらく30代のおとなしい人。
何か声をかけられたと記憶しているが、内容は覚えていない。
その人がおとなしく、とても優しかったからではないかと思う。

せんべいを食べて行ったり来たり

次にとても厄介な男性が来た。
20~30代くらいで体格のいい、黒い髪の角刈り。
襲われそうになり、慌てて逃げる。
もちろん、実際に体は動いていない。
部屋を出て、すぐ横の玄関に逃げる。
私を玄関の角に追い込み、男性は執拗にせまってくる。
私の右脚を持ち上げようとつかんだ。
彼は裸だった。もっとも背中とおケツと右脚しか見えなかったが。

私は左脚だけで立つアンバランスな状態で転ばないようにしながら、
「殴るもの、殴るもの」と焦って探していた。
ちょうど靴べらを見つけた。白いプラスチック製のよくあるやつである。
そしてその男性の左側のおケツを数回殴った。
しかしほとんど効果がないようだった。
ちなみに彼は一言も喋らなかった。

ヤメテヨ！
ヘンタイ

その時、神の助けか女性が現れた。

玄関の板の間の上から何か言った。

残念ながら、何を言ったかは、覚えていない。

その瞬間、襲おうとしていた男性はいなくなった。

女性は20~30代くらいの若い人で、背がわりと高く、ロングスカートをはいていた。髪型はミディアムでパーマ。


このあたりから安心して、夢うつつになり始めた。

お礼をしなくては、と母や父まで出てきた。

助けてくれた女性の霊も含めて台所へ移動。

母が料理をたくさん作り始めたので、

「向こうの人に優しくしてはいけないいんだよ」と私が言うと、彼女は消えた。

このあと、お礼が気になったが、昔の同級生が出てきて、完全に夢になり、寝た。

幽霊にもスケベな人はいます。

その日、私は肩がこっていて疲れていた。
ベッドに入った時、腕を広げて手が布団からはみ出すかんじの楽な姿勢をとっていた。
疲れていたせいか、そのまま寝てしまったらしい。
パチン！　私は手が痛くて目が覚めた。
誰かにたたかれた。
おそらく向こうの世界の方。
通り道に近いので、邪魔だったのだろう。
２０１５年2月14日、バレンタインデーの出来事。

２０１５年7月、人生に転機が訪れた。引っ越しをすることになったのだ。

実家から初めて出て、神棚、仏壇のない家に行く、元はただの畑、いざ！

先立って引っ越す前の5月29日、内覧会に参加した。

図面の通り、日の当たるステキな部屋だった。

引っ越しに不安のあった私もなんだかワクワク。

そんなご機嫌な夜のこと……。

結構熟睡していたはず。内覧は意外と疲れたし、気分もよかったし。

「あなたの画数は吉凶入れ変わりでしょう。あなたも知っているはず。何を浮かれているの？」突然、声がした。

50代、女性、黒髪のパーマ。

ちょうどちびまる子ちゃんのお母さんのような髪型。

私の顔を覗き込んでいた。

「それと主格は聡明でいいんだけど……」

ここから先は、よく聞き取れなかった、というか眠かったせいか、よく覚えていない。ただ、マイナスなことを言ったというのは覚えている。

寝ているから正確ではないが、その後15分ぐらい経って、また来た。同じ女性。
何しに来たかというと、また同じことを繰り返し言いに来た。
そんなにも大切なこと、どうしても伝えたいことだったのだろうか。
私は一抹の不安を覚えた。

朝起きて、私がわりと占い好きだから、勝手に見た夢かもしれないとも思った。
でもわざわざ2回も来たなんて。

7月30日、真夏に引っ越しした。引っ越しとはこんなにも大変なのかと驚いた。
かなり長い間、幽霊は出なかった。忙しくなったので、睡眠も深くなり、幽霊に気付きにくいというのもあるだろう。心から安眠していた。

でも、その時はやってきた！
寝ていたら、女性が話しかけてきた。
20代、元気で興奮気味。
言葉は覚えていないが、バイオリンをやっていた人で、バイオリンの話をした。
昔、オーケストラにいたらしい。

問題は彼女の後ろの景色だ。
人の頭がたくさんあった、部屋にあふれんばかり。
ゾロゾロ南西から北東に向かって歩いていた。
私は南西の角部屋で、北枕で寝ている……。

また眠りに落ちたところを、しばらくして起こされた。
「前のバイオリンの先生は何してたの？」20代女性、元気で朗らか、興奮気味。
「オーケストラにいたみたいです」私は答えた。
他にもその人と結構話した記憶はあるが、かなり疲れていて熟睡してしまったらしい。
ただ、たくさんの人が私の寝室を歩いているのは見えた。
部屋が満員になるくらい。
私の部屋は6階なのに……。

バイオリン……実は北東の部屋にバイオリンを置いていた、しかも北東の角に。
北東、それは幽霊がなぜか目指す方向。
そこにバイオリンがあり、私と話がしたくなったのであろう。
私はバイオリンを違う部屋に置くことにした。

寝室と北東の部屋には、なるべく物を置かないようにしている。

な、なんでたくさん人がいるの?!

そして2015年11月9日、ずっと見ていなかった彼の夢を見た。
殴ってから一度も見てなかったのに。

初めは自宅の庭、両親もいた。
いつの間にか、どこかの高原でサークルの集まりになっていた。
長野のような所。

7、8人で大きなテーブルについている。
彼は私の右斜め前にいる。
みんなは普通に喋っているし、私も参加できるのに彼とは話せない。
話したくてもタイミングが合わない。

「わざとやっている」と私は思い、それなら会わない方がいいと思い、別れを決めた。
「しばらく会えないから、みんなさよなら」とその場を途中で去った。

完全な夢なのだろうか？
それから彼は出てこなかった。
大きな畑があり、男性がいた。
「本当はタバコなんか作りたくないんだけどな」と言っていた。
そのまま睡眠に入り、あとは覚えていない。

夢に出てきただけって？
そう、でも出てくるのも変だし、絶対に喋らないというのも変。
ただ微笑むだけ。

そもそも夢に出てくること自体おかしい。
他の別れた男性は絶対出てこない。

今日起きて気になることがあった。
昨日、ある男性に傘を借りたのを、玄関に干していたのだ。

黒い折り畳み傘。
不思議なことに、彼が夢に出てくるのは私が他の男性と会った日が多い。
たまたまだろうか。

両手を引っ張られる

２０１５年12月5日、早朝3時半頃、パチッと目が覚めた。疲れているのに。早起きして活動したら、ひどく疲れたことがあるので、眠れなくても目をつぶっていようと思った。

浅い夢を見ていた。

「×××ナゲット」じゃまずいから「@@ナゲット」のネーミングがいい……などと話していた夢。

その瞬間、両手を強く引っ張られた。

実は肩がこっていて、胴体が左向きで、両手を布団から左側に突き出して寝ていた。

つまり両手をベッドの左側に引っ張られ、そのせいで全身も引っ張られたのである。

両手を引っ張られたせいで、私の上半身は金縛り状態になった。

結構痛かったので困ってしまった。

かなり長い時間かけられたと思う。

誰かの手が見えた。白い細い腕。

服は着ていなかったのだろうか、肌が見えた。

着物かもしれない。

直感で女性とわかった。

なんと手はベッドの下から伸びていた。


こう書くと、ノンレム睡眠とレム睡眠の説明をされそうだが、痛くないから違うのである。

「痛い！　どうしよう！　痛い！　やだなあ！　口が！　動かない！」の繰り返し。

もっと頭が冴えていれば「帰れ！」とか言えたのだが、てんてこ舞いしていた。

本当に久しぶりで油断していた。


やっと解放された。

幽霊の顔は、私の腕でよく見えなかった。

しかしその手は、私のベッドの下に隠れるように消えていった。

私はあまりに怖く、一度起き上がった。
「今のはもしかして！　そうだよね！」とよく考え、整理しつつ、記憶をまとめた。
ぼんやり気味でよかった、それがせめてもの救い。怖さが半減するから。

そしてまた寝たり起きたりを繰り返し、やっと起床時間が近づいてきた。
あと10分で6時。時計で確認。完全に目覚めていた。
さてと最後にゴロリとするかな。
痛い!!　また両手を引っ張られた。
そういえば、さっきと同じ体勢だ。
両手をベッドの下に引き込まれそうな勢い。
やはり上半身は金縛り状態でなされるがまま。
抵抗したりコメントを言う余裕はなかった。
本当にガチガチで、このままベッドの下に連れて行かれそうだった。
かなり怖かった。

私の両手を引っ張っていた腕は同じもので、同一人物らしかった。
やっとのことで解放された時、顔が見えた。
かなり若い女の子。10代後半。
学生のように黒髪を後ろで結んでいた。
水色の浴衣のようなものを着ていた。
なぜかとても楽しそうに笑っていた。
本当に色白で痩せていた。
私の肩あたりの位置から、ベッドと直角になるように上半身だけ出していた。
下半身はわからなかった。

心底怖くなり、すぐに電気をつけた。隣の部屋も。
外も明るかったのでカーテンも開けた。
ベッドの下から来たのには、さすがにこたえた。
寝ている間、真下にいたのだろうか。

その日、私は寝室の棚を整理して、ゴミを捨て、不要な段ボールを処分した。
掃除、掃除の忙しい一日になってしまった。
そしてベッドを買う決心をした。
ベッドもマットも確かに古くて汚れていた。
彼女が顔を出したあたりは特にひどかった。
傷、化粧品、アロマ……掃除をしたが落ちなかった。
他にいらない中古品を処分しよう。
でも古着は買わないし、古本や中古ＣＤも数えるほど。
しかも隠してあるのに……。
これ以上どうしていいかわからない。
これが霊道の宿命だろうか。

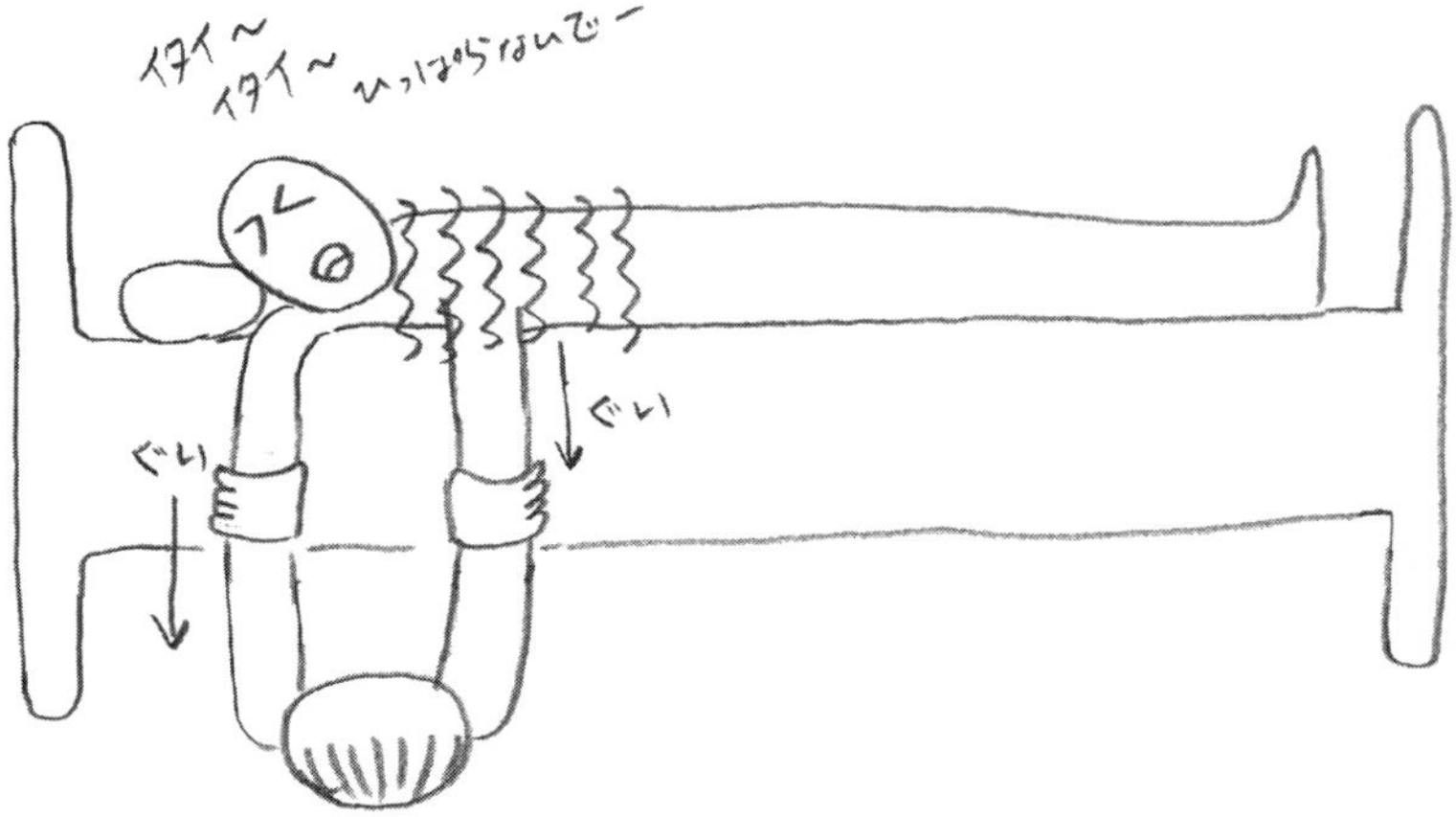

ベッドの下から

転機

そんな私に転機が訪れた。
２０１７年５月22日、脳腫瘍の摘出手術を行ったのだ。
10時間に及ぶ大手術、クタクタに疲れた。
しかし、私は新しい人生を手に入れたのだ。
なんと術後、全く霊感がなくなったのである。
幽霊を認知することができなくなったのだ。

脳神経外科の医師によれば、当たり前と言うが、あんなにもリアルに感じたものがすべて脳腫瘍のせいとは私には思えない。もちろんある程度は影響していると思うが。

それから私は安眠を手に入れた。
もう幽霊にビクビクしながら寝なくてよいのだ。

部屋も過剰に掃除しなくていい。
しかもなぜか彼の夢も一切見なくなった。

それにしても不思議すぎる体験をしたものだ。
私にはすべてが脳腫瘍によるものだとは到底思えない。
いったい何なのだろうか。

でも、これだけは声を大にして言いたい。
幽霊よ、さらば。

著者プロフィール
青山 夏子（あおやま なつこ）
1972年東京都生まれ
大学卒業後、図書館で働く
霊感があり、長年悩まされる

幽霊よ　さらば —私と幽霊の交流記—

2021年２月15日　初版第１刷発行

著　者　青山 夏子
発行者　瓜谷 綱延
発行所　株式会社文芸社
〒160-0022　東京都新宿区新宿１－10－１
電話　03-5369-3060（代表）
03-5369-2299（販売）

印刷所　株式会社フクイン

ISBN978-4-286-22319-3